CRISTOBAL
TIENE UN SUEÑO

nicanitasantiago

LIBROS PARA CHICOS ▪ BOOKS FOR CHILDREN

© Hardenville S.A.
Andes 1365, Esc. 310
Edificio Torre de la Independencia
Montevideo, Uruguay

ISBN 9974-7816-1-2

Impreso en Hong Kong · Printed in Hong Kong

CRISTOBAL
TIENE UN SUEÑO

Textos

Mariana Jäntti

Ilustraciones

Mariana Jäntti

Diseño

www.janttiortiz.com

-¿Qué sueñas, Cristóbal?
-Que soy un navegante.
-¿Aquí, sobre la hierba?
-Sí, aquí... Acostado sobre la cubierta de mi barco, veo un cielo mágico estrellado, velas izadas que danzan con el viento, y juntos comenzamos a navegar.

-Pero, Cristóbal, ¿por qué no
vuelves a la realidad?

Muy adentro de su mirada
puedo ver las olas del mar
y un horizonte lejano...
-¿Adónde estarás?

Me mira y dice:
-He visto los azules del cielo
y los verdes del mar.
Cerrando mis ojos,
siempre los vuelvo a encontrar.

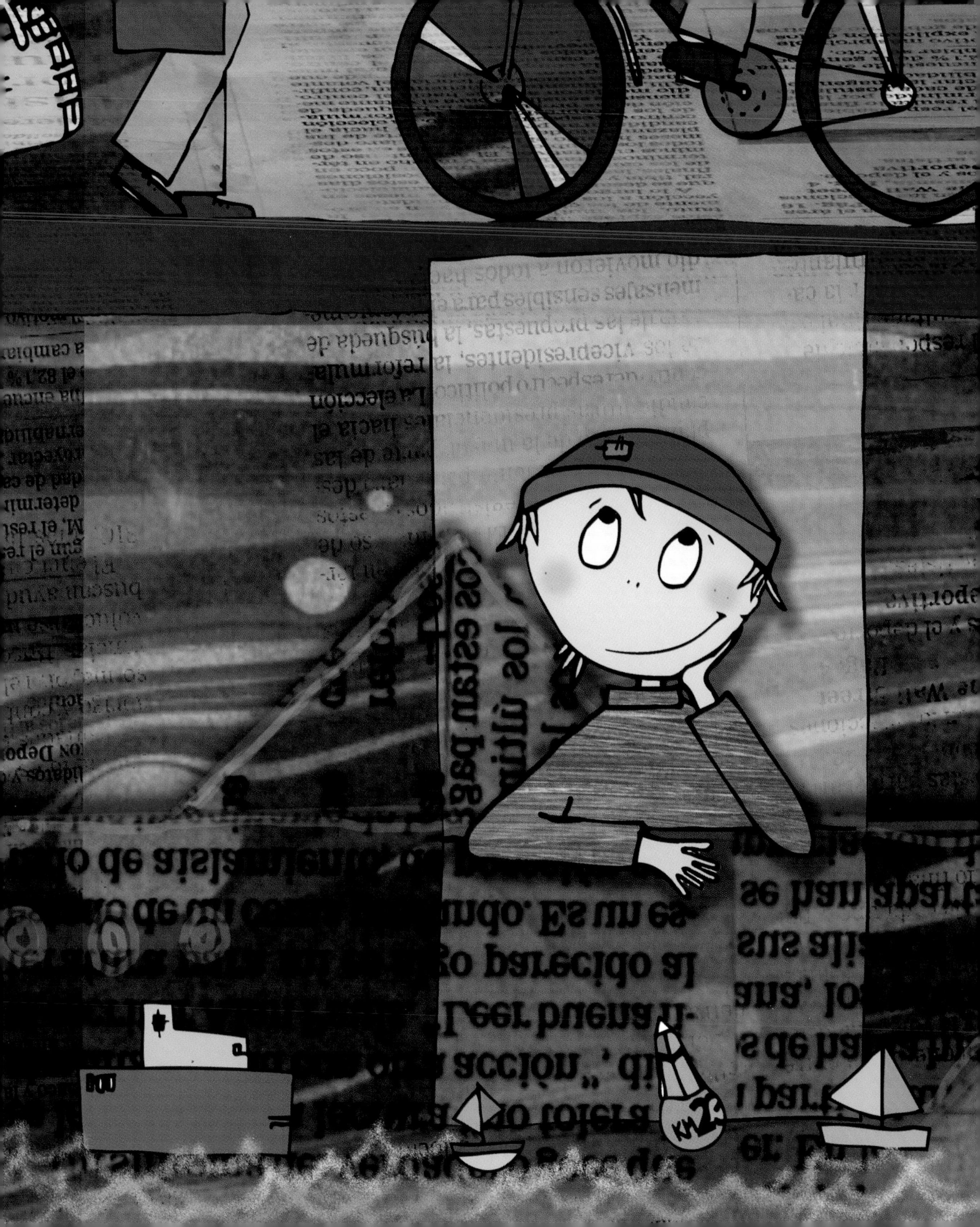

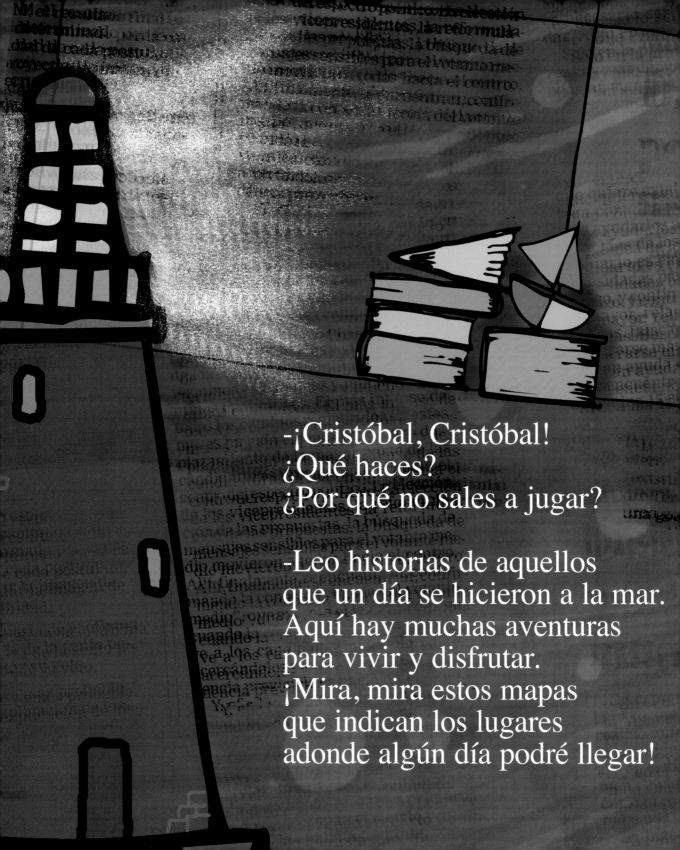

-¡Cristóbal, Cristóbal!
¿Qué haces?
¿Por qué no sales a jugar?

-Leo historias de aquellos
que un día se hicieron a la mar.
Aquí hay muchas aventuras
para vivir y disfrutar.
¡Mira, mira estos mapas
que indican los lugares
adonde algún día podré llegar!

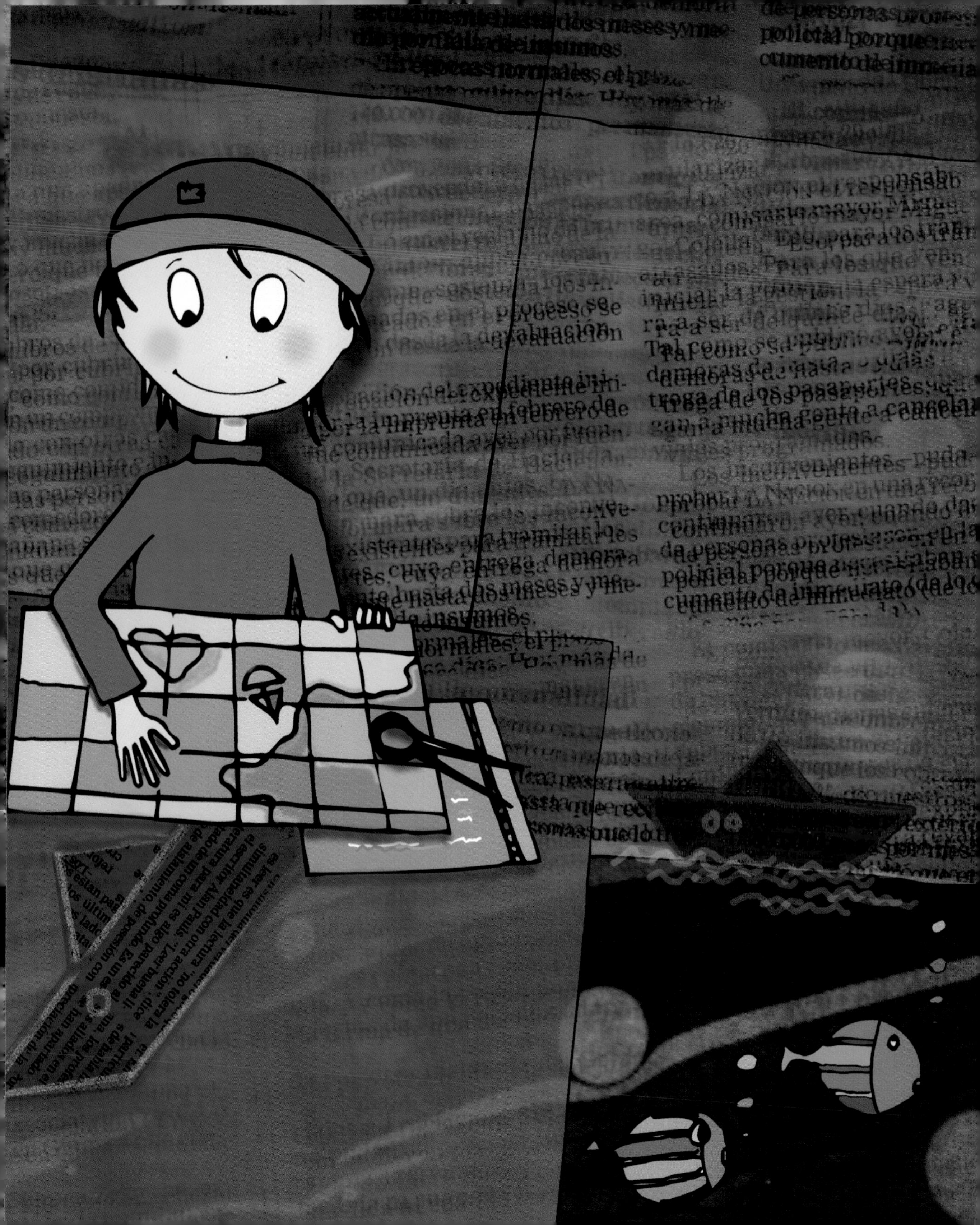

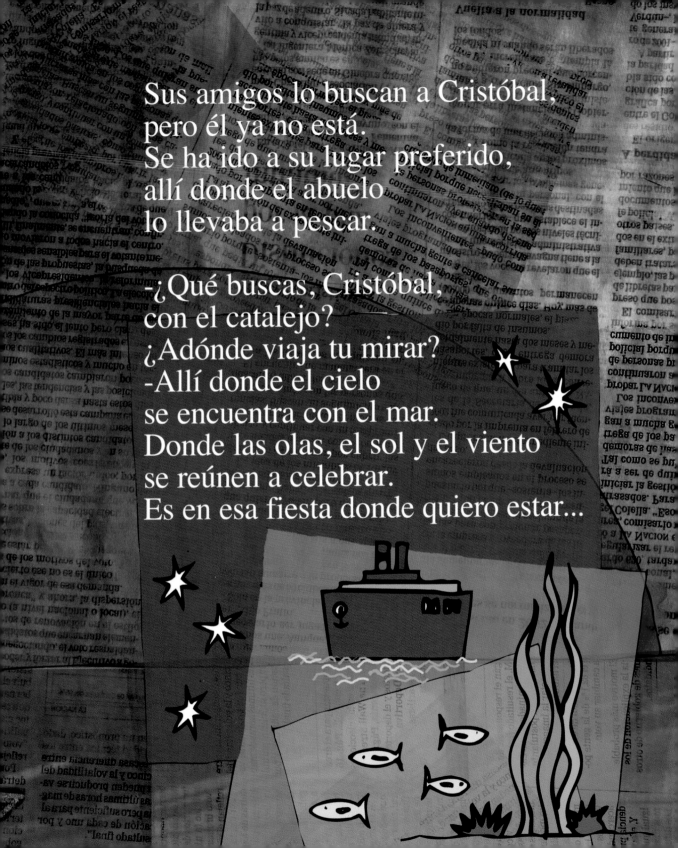

Sus amigos lo buscan a Cristóbal,
pero él ya no está.
Se ha ido a su lugar preferido,
allí donde el abuelo
lo llevaba a pescar.

-¿Qué buscas, Cristóbal,
con el catalejo?
¿Adónde viaja tu mirar?
-Allí donde el cielo
se encuentra con el mar.
Donde las olas, el sol y el viento
se reúnen a celebrar.
Es en esa fiesta donde quiero estar...

El tiempo pasa y Cristóbal
trae su sueño poco a poco
a la realidad.
-He aprendido muchas cosas,
y aunque parezca increíble
en cualquier momento,
¡me hago a la mar!

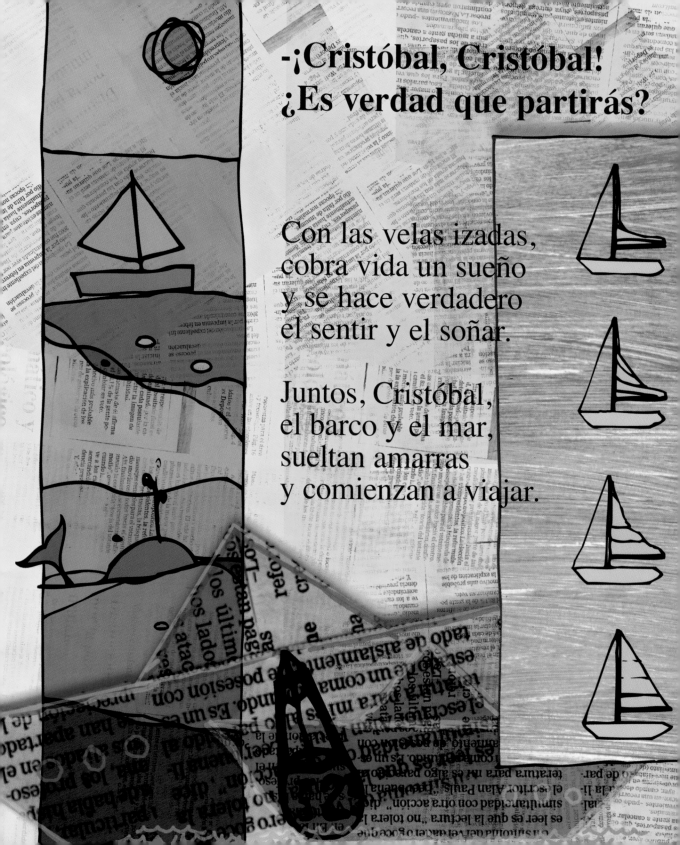

-¡Cristóbal, Cristóbal!
¿Es verdad que partirás?

Con las velas izadas,
cobra vida un sueño
y se hace verdadero
el sentir y el soñar.

Juntos, Cristóbal,
el barco y el mar,
sueltan amarras
y comienzan a viajar.

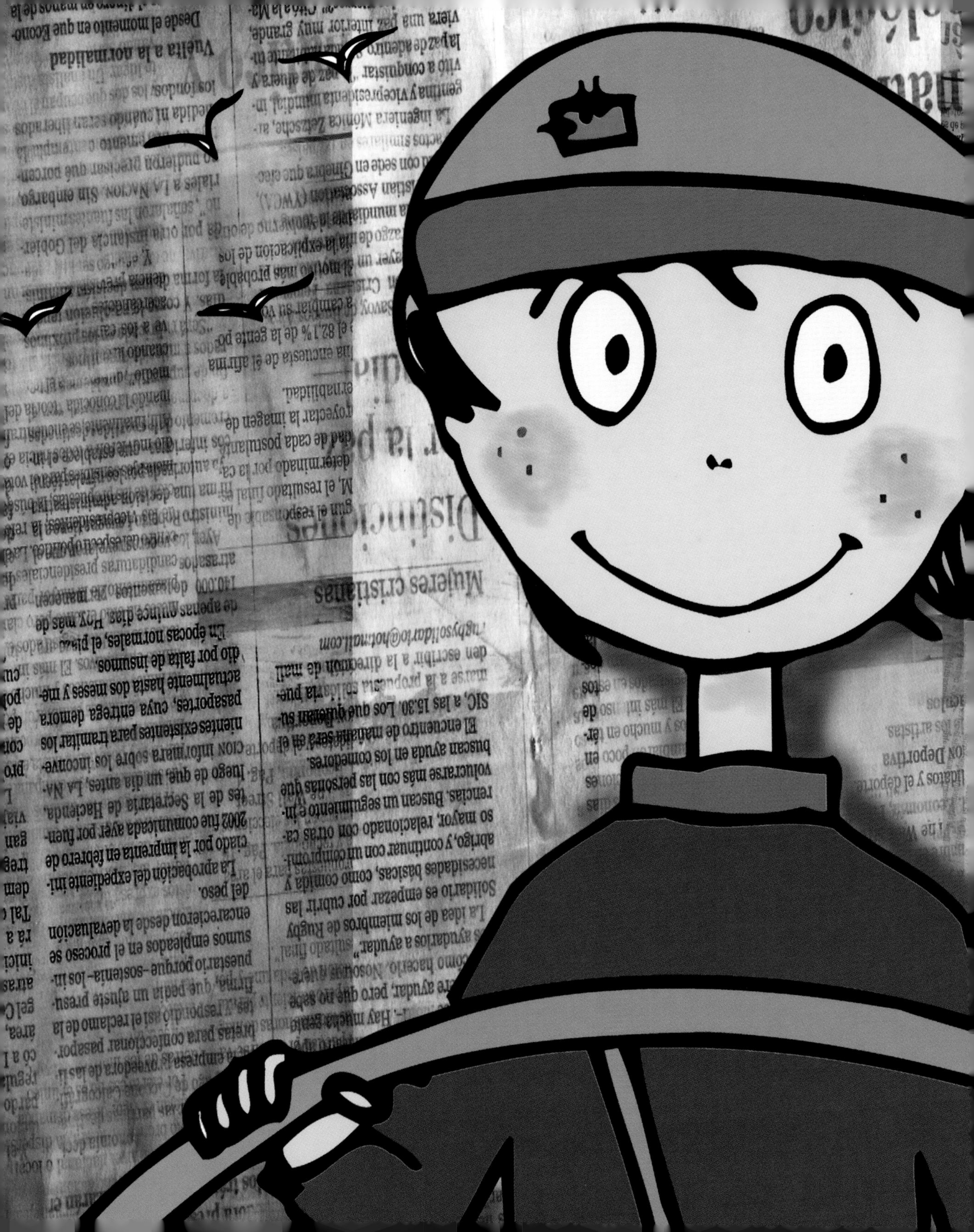

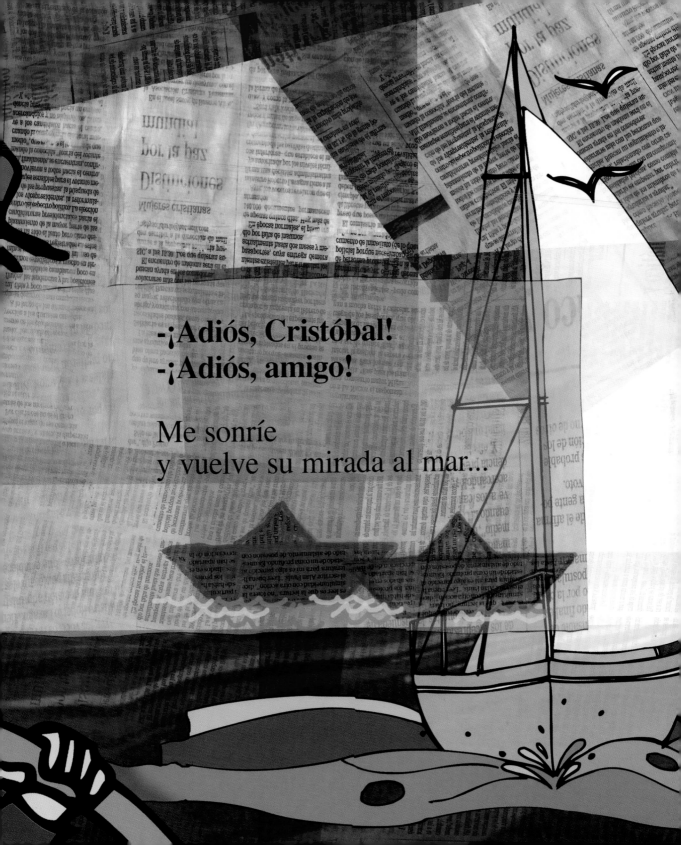

-¡Adiós, Cristóbal!
-¡Adiós, amigo!

Me sonríe
y vuelve su mirada al mar...

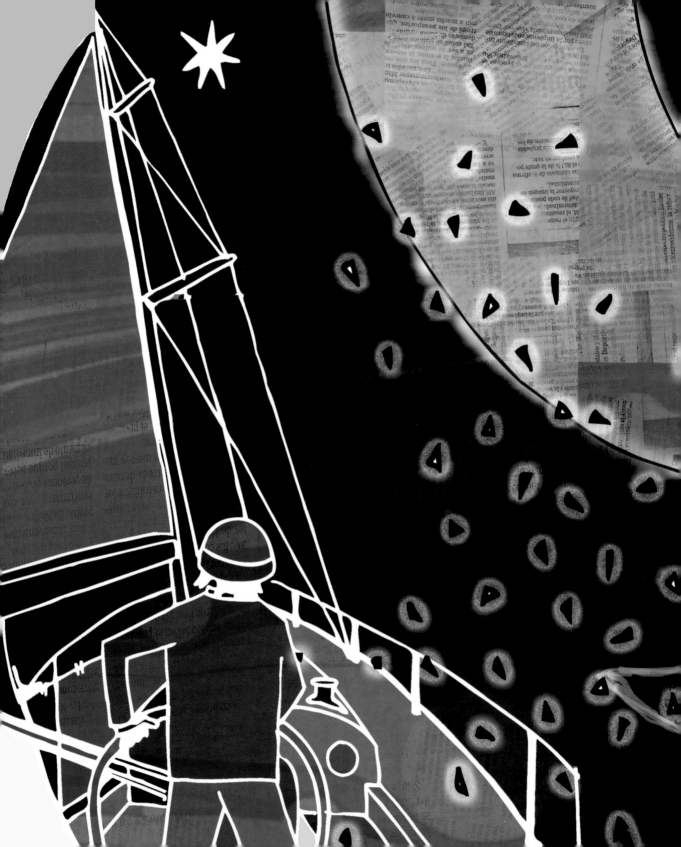

Navega Cristóbal por mares lejanos,
allí es marinero y también capitán.
Mientras viaja y mientras crece,
siempre se vuelve a hipnotizar
con los destellos de plata brillante
que la luna y las estrellas
le han querido regalar.

Iluminando
el alma
de aquel niño
que un día se
animó a soñar.

Todos en casa
siempre lo supieron
y colaboraron
con este sueño sin igual:
papá con libros y cuentos,
mamá con alas de libertad.
La abuela lo abrigó
con sus gruesos tejidos,
los abuelos
con guiños de complicidad.
Permitiendo que aquel sueño
anidara en su vida
y pudiera un día
hacerse realidad.

COLECCIÓN SUEÑOS EN CUENTOS

¡Cuántas veces escuchamos a los adultos decir:
"Deja eso, pequeño,
deja ya de soñar,
abre tus ojos a la vida,
vuelve tu rostro a la realidad"!

¡Cuántas veces, sin saberlo, hemos cortado los caminos de aquellos sueños cuya fuerza no alcanzó para luchar!

Este cuento te invita a recorrer el sueño de Cristóbal, para que disfrutes la ilusión y el trabajo de ver un anhelo convertido en realidad. Nunca dejes de intentar, con esfuerzo y con amor, que tus sueños te guíen.

MARIANA JÄNTTI

REALIZADO CON EL MÁXIMO DESEO
DE QUE AL LEER ESTE CUENTO
EL NIÑO QUE TIENES A TU LADO HAYA VIVIDO UN MOMENTO DE AMOR.

nicanitasantiago
LIBROS PARA CHICOS · BOOKS FOR CHILDREN